그리운 것은 눈을 감고 본다

그리운 것은 눈을 감고 본다

박현태 시집

토담미디어

시인의 말

세상에는 따로
임자가 없는 것 지천이다.
하늘과 땅 바람과 눈 비
시도 그렇다.

쓸 때도
읽을 때도
내 맘대로 놀 수 있더라.

입 닫고도
말 할 수 있는 게
시만 한 게 없더라.

차례

4부

1부

시월 저물녘

나뭇잎이 떨어지고 또 떨어진다
경전 읽는 소리 사방이 소란하다

나무내 흙내들이 말라가고 있는데
햇빛을 포식한 노을은 잘 익은 홍시 같다

목구멍이 칼칼해지며 잔기침이 난다
입 닫는다
묵언만큼 겸허히 뜸들이며 걷는다.

날마다 다른 사람

느닷없이
들이미는
낯선 얼굴
원수 같습니다

거울 속
내 얼굴은
날마다 다른 사람입니다.

달과의 동거

두둥실 보름달이
빈 창에 서성이기에
실내화를 놓아주었더니
주인 없는 안방에
넙죽 기어들어 둥지를 틀더라

오늘 밤은
외롭지 않겠다.

낯선 형벌

내가 워낙 독불장군이라서
누가 외로움을 보냈나보다

혼몽한 날엔
내가 내 문을 두드려놓고
누구세요?
소리쳐 묻다가 화들짝 놀란다.

건널목 풍경

허리 굽은 할매가 애완견에 매달려
폭 넓은 차도를 무단횡단하고 있다
비틀거리는 것은 건널목이 아니다

시장통에서 걸어 나오는 생선비린내들 바다로 향한다
개 짖는 소리가 사방에 튀어나와 차도 위에 기절한다

도로 밑에서 유유히 흐르고 있는 하수관 탁한 물들이
위험하고 긴 토관 속으로 허둥지둥 마구잡이로 내뺀다.

늦은 밤 손 씻기

하루에도 열두 번 손을 씻는다
언제부턴가 버릇이 된 건
순전히 코로나 탓만은 아닐지라도
뽀도독 뽀도독 손바닥에 비명소리 나야만
직성이 풀린다

늦은 밤 손을 씻으며
삶의 하루를 청산한다.

만산홍엽

가을 산이 횃불 같다
겹쳐 달려오는 노도 같다

얼떨결에 당한 화상에
기절초풍한다.

엄마의 사계

내 어릴 때 엄마는
봄볕에 돋는 새순 같았어요

내 소년 때 엄니는
아침에 피는 목련 같았어요

내 청년 때 어머니는
대지를 품은 녹음 같았어요

내 장년 때 어머님은
단풍에 물던 먼 산 같았어요

내 늘그막 때 모친은
속속이 따순 털실 같았어요.

택배로 온 가을

가을 한 상자 택배로 왔다
상자 속 홍시들이 감나무를 데리고 왔다
미처 떼어내지 못 한 왕거미줄 한 가닥과
감꼭지에 붙어 있던 매미소리 질겁을 한다
쪽지도 같이 왔다

"만 원어치도 안 되지만
내 얼굴 본 듯 고향 냄새나 맡아라."

홍시 한 알 집어 들고
말갛게 탱탱한 얇은 껍질을 새색시 속옷 벗겨내듯
섬세하게 떨리며 분홍색 속살 한 입술 깨물어 준다.

노을녘 부석사

뜬돌은 버젓이 절을 세우고
기둥 없는 바람이 떠받치고 있다

불전에
달랑 천 원짜리 한 장
닳아가는 부처의 모습을
잘 지켜내라고 빈다

대웅전 정수리를
노을이 포식하고 있다.

태풍의 계절

시퍼런 대나무 숲처럼 일어선다
자칫하다가는
바다가 몽땅
하늘로 날아 가버릴 것 같다

산보다
더 높은 산이거나
바다보다
더 깊은 바다가 되어야 살아남는다.

불현듯이

바람에
비릿한 단풍냄새 난다

간밤 비
가을 비였나 봐

어제가
오래 전이듯
까마득 달아났다.

겨울 홍시

가장 높은 가지에 달린
하나는 끝내 따지 않았다

겨울 들머리
홍시는 더욱 빨개지며 말랑거렸다

저 한 알은
사람의 것이 아닌 바람의 몫이다

인동을 견뎌내는 빈 하늘에
백열등 하나 달아 두는 것이다.

인생 자서전

쓰고 다시 쓰고
고치고 또 고치며
평생을 수정해도
완성되지 못하는
미발표작 같은 거.

입춘 즈음에

기지개 켜는 봄이
오줌 싸고 싶은 애기고추처럼
빳빳이 선다

머리맡에 놔 둔
강장제 한 알을
꿀꺼덕 삼키고 문 밖을 나선다

오늘은 인간으로 치장하지 말고
한낱 자연으로 살아봐야겠다.

달빛 밟기

하늘이 마치
달을 낳은 산모 같다

젖지 않는 달빛 따라
시냇물을 건너서
유리 숲 산책하듯
살풋살풋 밤마실 간다.

돗자리 깔고 앉아

일찍 떨어진 풋사과 꼭지에서
무성한 풍문들이 싸돌아다니는
초여름 지루한 오후
눈꺼풀 없는 물고기 눈알같이 빤한 하늘을 보며
나무 밑 푸른 그늘에 영험한 돗자리를 깔고 앉아
미래의 내 운명에 대해 스스로 묻고 답을 구한다
매운 양념 쇠갈비 국물처럼 불그스레한 노을이
빙그레 웃음 지으며 산자락을 내려오고 있다.

가을 하늘

시인 눈 같다
지난 밤 비에
무슨
해코지를 당했는지
툭 치면
주
루
루
떨어질
눈물
그렁그렁하다.

토란국을 먹다가

계란처럼
흙이 낳은 알이라서 토란이라 할까
초란 같은 토란들이 냄비에 소복소복
생물고기 눈알처럼 반들반들하기에
보고는 입맛조차 다실 수 없어지기에
먹고 산다는 게
참 게걸스럽다는 생각에 밥술을 놓는다.

달빛에 쪼그리고

따끈따끈한 찻잔 속에
달빛이 쪼그리고 앉는다

내 눈 안에 있는 호수가
찰랑찰랑 넘치려 한다

한가로운 사치에 빠져
세월 가는 줄 모르는 시간

어제 것만 못한 차 맛을
수삼 번 헹군 후에도
다 비우지 못 해 밀어둔다.

아침이슬

유두에 송글이는
젖물 같네

매달려 대롱이는
방울 같네

햇살에 반짝이는
구슬 같네.

구두의 애중

내가
오늘 하루 어떻게 살았는지
구두는 알고 있다

몇 시에 어딜 가서
누굴 만나 무슨 짓을 했는지
멱살을 잡혔는지 눈웃음쳤는지
마음이 급해서 종종걸음 쳤는지
생각이 심란해 어정어정 댔는지

뒷굽이 닳도록 동행한 구두는
내 속셈까지 뻔히 알고 있다.

세탁소

후줄근한
내 인생
각 잡아
빳
빳
이
세
워
주세요.

유천에 갔더니

새마을이 헌 마을이 되어 있더이다
지나간 한 시절이 고스란하더이다
경부선 청도역을 지나 유천 가보면
굽은 골목들 바로 세우고 더께 낀
초가지붕을 슬레이트로 갈아 입혀서
천 년 묵은 세월을 깨워 낸 새마을
기념관이 버젓하더이다
잘 살아보세 자 알 살아보세
떼창을 하며 일궈낸 꿈같이 아름답고
희망처럼 아득했던
그때 그 시절
그 신선한 바람들은 어디로 다 가고
발길 뚝 끊긴 정적 감돌고 있더이다.

가볍고 야트막히

성글어지는 자작나무가
몇 안 남은
얇은 이파리들 자작자작
눈물같이 떨어내고 있다

듬성듬성해지는 가지들을
빼꼼한 옹이구멍들이 빤히
쳐다본다

침묵을 가장한
바람소리들이
가볍고 야트막히 숨어서 분다.

진눈깨비

봄도 아닌
겨울도 아닌 날
비도 눈도 아닌 것이
공중도 땅도 아닌 곳에서
내리지도 오르지도 못 하면서
살풀이 씻김굿하듯 펄렁이며
삶도 죽음도 아닌 내게 와서
허공에 내던져지듯 휘휘 휙
휘몰아 돌면서 감겨드네
내 몸에 참 나쁜 날이네.

길 위의 소나기

며칠간 강변을 어정댄다
다소 지친 몸으로 거니는 나른한 봄날
느닷없는 소나기가 물 붓듯 쏟아진다
발 굵은 빗방울들이 마구 튀어 오르면서
널브러지는 허리춤을 잡아당긴다
막 피어오르던 수국이 앉은뱅이 자세를 취하며
허연 거품 빼물은 두꺼비처럼
엉거주춤 해쌓는다
오늘 아침에도 그렇게 친절하게 수다를
떨어대던 참새들은 다 어디 갔는지 없다.

마을버스

곧장 가다가
왼쪽으로 꺾어서 다시
오른쪽 맞은편 골목 초입
두 번째 편의점을 지나
늘 그 정차장에서
목 빼고 기다리는
우리 집 앞에
좀 세워줘요.

미망迷妄의 밤

내 삶의 한 해
열두 달 삼백육십오 일이
섣달그믐을 넘고 있다

내 속의 녹슨 쇠 두들겨
날선 호미로 다시 태어나
거친 이랑 경작하고 싶다

미망의 밤
희부옇게 밝아지고 있다.

날마다 그런 날

먹고 자고 놀고
사이사이 산책하고
여분이 나면 넋도 놓아주고
운명에 대놓고 농담도 하고
모질고 까칠하고 인색해지는
소가지를 어르고 달래주느라
죽을 고생 다한다.

아버지의 뼈

돌아가실 때
아버지의 몸에는
뼈가 몇 개 남지 않으셨다

농부인 아버지는 한평생을
뼈 빠지게 황소처럼 일했다

다 빠지고
남은 뼈대들을 태워
하얀 단지에 한 움큼 담아
다도다독 흙에 묻었다.

그리운 것은 눈을 감고 본다

사랑하는 이와
헤어져 보았느냐

보고 싶어도
보지 못하는 이가
있었더랬느냐

그 추억 하나만으로
오로지 행복해 보았느냐

매우 그리운 것은
눈을 감아야 보인다.

외딴 정물화

눈 내려 소복한 산자락
탱자알 같은 분묘 앞
바둑판만한 상석 위에
겨울 햇볕 한 줌
쪼그려 졸고 있다

동면하던 주인의 넋이
볕 쬐러 나왔나 보다
머잖아 봄이 오겠구나.

겨울무지개

뼛속을 두들겨 패던
겨울비 그치고
어슴푸레 떠있는
무지개를 쳐다보며
운명 앞 개선문이듯
고개 숙여 주억거린다

그럴 일도 없겠지만
쓰러질지라도 더 이상
굽실거리지 않을 작심한다.

호수 위에 뜬 섶

나처럼
간당간당
여차하면 가라앉을까
애가 타도록
제 몸뚱이 흔들어댄다
갈바람 불다말다 한다.

인생수업

죽을 등 살 등
올라 온 산정에
먹구름 첩첩하네

하늘이 맑아지기를
기다릴 것인가
내려갈 것인가

가당찮은
망설임으로 하루를 다 보내네

인생에게는
평생의 하루도 가늠되지 않네.

삶을 위한 변명

명색이 내가 가장인데
부엌일 도맡아 하고
걸레질에 쓰레기 내다버리고
명색이 내가 어르신인데
경로석에 앉지 못하고
자판기 앞에서 눈치를 살펴야 하고
길거리 걷는 중에도
어깨들을 피해 비실비실 피해야 되네

명색이 내가 시인인데
마음에 드는 시 한편 쓰지 못 하고
속 태우며 밤낮 끙끙이네
삶이란 헛꿈이라 했지만
뭍에 앉은 배도 항해를 꿈꾸는 건
세상만사 지당한 일이네.

태풍

너거 서울은 개안나?

그라모 여거는 개안타

너거 포항은 난리 났뿟제?
아이구 이 자슥아
마 니 죽지 않고 살아서만 됐데이

마 걱정 말거라
이참에도 밥 한 그릇 다 묵었다

힌남론강 한남대론강 이자 다 지내갔뿟제?

그라모 걱정 말거라

오냐 욕봤데이 드가제이~

그 시절 자연살이

남새밭 한 떼기에
봄 부추, 여름 호박, 가을무우, 겨울 우엉

빼꼼하게 내어 준 터에
맨드라미 채송화 봉숭아 해바라기 코스모스

구불텅한 탱자나무 울타리에
애기 팔뚝 같은 오이 수세미
보름달 같은 대박들이 주렁주렁 매달려 함께 살았지

토종 닭 어미가 병아리들 데불고
양지 바른 토담 밑에서 황토 찜질하는 날
다 늙은 삽사리가 반쯤 눈 뜨고 지켰지.

담 너머 무슨 일이

담이란 말이 다른 나라에도 있을까요

돌담길을 걸으며
오래된 시간들 쓰다듬어 봅니다
세월의 무늬가 버짐처럼 번져 있네요
박제된 바람들이 틈틈에 끼어 있고
맥 놓은 천둥소리들 헐떡이고 있네요
얼어터진 할머니의 겨울 손등 같네요
담 너머
한데에 쌓아 둔 고향산천 추억들이
폐기된 상자처럼 삐뚤삐뚤 쌓여지네요.

집에 가는 밤길

막대같이 키 큰 가로등들이 멀찍이 뻘쭘하게 서서
옆길로 새지 못 하게 눈에 불을 켜고 지키고 있네
회색도시 한 가운데서 시끌벅적 한술 한 밤중에
변두리에서 기다리고 있는 내 집으로 가고 있네

희미하게 길고양이 울음소리가 들리네
뚜벅 뚜벅 뚜벅 힘들게 도착한들
누가 기다리고 있다가 맨발로 덥석 안아주겠나.

2부

이팝 같아요

간밤에 내린 눈이 소복합니다

밥공기에 담긴 흰밥 같습니다

쳐다만 봐도 배부르게 합니다.

나비와 벌

저들은
다 같이 꿀을 먹고 살지만
밥그릇 싸움을 하지 않는다

나비가 벌을
벌이 나비를 시기하거나 질투하거나
모함하거나 기만하거나 강탈하거나
팔뚝을 비틀거나 하지 않는다

나비가 나풀나풀
꿀벌이 윙윙댄들
지상의 누구에게도 해되지 않는다.

뼈아픈 흔적

보라색
도라지꽃
긴 한 송이
녹슨 철모 속
분재인 양 피었네

칠십 년
먼 휴전선
숨은 산비탈
꽃다운 영혼이
봄볕을 쬐고 있네.

절정으로 가는 봄

산수유가 벌떼 같이
벚꽃들이 팝콘 같이
개나리가 염주알 같이
목련꽃이 함박눈 같이
진달래가 꽃단닢 같이
철쭉꽃이 홍비단 같이
아카시아가 백설기 같이
절정으로 치달리는 봄.

달빛다시기

호수에 담긴 달이 뽀글뽀글 우러나
조금씩 노래지며
초저녁보다 약간 더 짙어드는 물빛

엎드려 입술을 댄다
물맛은 그냥 그대로다.

그러저러합니다

여름 내내 냉커피 너무 많이 마셨는지
기온이 내려서자 뱃속이 꾸르럭이고
눈 안에 눈알도 덩달아 달그락거리는데
바깥에 내둔 화분들 그 새 얼까 말까
밤새 조바심해대면서
변덕스런 날씨들을 염려하느라
잠도 못 자고 대놓고 걱정하는
주제 넓은 내 심사가
오늘은 더욱 가당찮게 설레발을 치며
오장육부 송두리째 뒤틀리고 있습니다

토하고 싶은 노래
지금 뱉어도 될까요?

단비

흙도 나무도 개울도 입이 탁탁 타드는
초봄 늦은 오후에
살수같이 단비 뿌리네

꿀 빨던 벌들이 두 손 벌려 얼굴을 부벼 씻고
질주하는 차들도 와이퍼로 눈앞을 훔쳐대네

겨울 내내 매몰차게 휘불렸던
상처 깊은 가로수들도 살금살금 새순 돋네.

혼자 하는 야연夜宴

늦은 밤 혼술을 합니다
담뿍 담긴 탁배기 잔에 떠도는
비루함을 멀거니 들여다봅니다
세상이 나를 멀찌감치 등지고 있네요

닭백숙 넓적다리를 뜯으며 건너 뛴
삼복더위 탓에
내 살진 똥배는 둥글게 부풀었네요

눈 딱 감고 독주 한 사발을
단숨에 쭈욱 마신 빈 잔 냅다 던집니다
쿵하고 지축이 울립니다.

까마귀 날아도

부지런한 농부 배 밭의
배들을 다 수확하고 난 뒤
까마귀가 찾아왔다

자기 할일을 내놓으라고
아무리 깍깍거려도
더는 떨어질 배가 없다

세상만사 딱 정해진
자기 몫은 없다.

대구탕을 끓이며

몸통을 도막내고 내장을 발라내고
아가미를 쩌억 벌려 해금을 닦아내고
희멀게진 눈알 둘을 헤집어 씻어내고
들들 끓는 육수에 매몰차게 넣었더니
바다 같은 냄비 속에서 개헤엄을 친다
나는 뭍 생선을 너무 많이 먹었으므로
뱃속이 썩어가는 바다가 되고 있으므로
시뻘건 냄비채 개수대에 팍 쏟아 붇는다.

해거름녘

빛과 그림자가 절반씩 나뉜다
세상 모습들이 서로 버무린다

스멀스멀 땅거미 지는
도로공사 현장에서는
철수하는 인력들의
신발 터는 소리가
헌 북소리이듯 쿵쿵거린다

집으로 가는 길
빈손을 서너 번 부벼 털었더니
불그스레 물들던 석양빛들
꽃잎처럼 후드득 떨어진다.

설경을 바라보며

하늘과 땅이 겨울 풍경을 만들어 가느라
공동작업 중이다
구름은 하얀 눈을 퍼붓고
대지는 드러누워 이불을 뒤집어쓴다

키 작은 사람 하나가
매운바람 한 뭉치를 걸머지고
그들 둘 사이로 자박자박 걸어가는데

뒤따라 가는 세월이
말발굽 같은 자국들을 또박또박 새기며
저물어 가는 어둠 속으로
오늘이란 쪽수 하나를 팽개치듯 버린다.

오월의 꽃비

발바닥이
반질반질해지도록
아카시아꽃이
흐드러진 공원까지
빙빙 돌아왔는데
땀 배는 등허리에
뜨거운 바람이 올라타고
끝나지 않은 오르막길에
하얀 가루로 날아다니는
꽃비들…

소박이를 먹으며

아내가 오이소박이를 담는 날은
엉덩이에 찰싹 붙어 앉아 잔심부름한다
고춧가루 한 술, 마늘 한 줌, 새우젓 한 자박
아내 입에서 말이 떨어지자마자 황급히 대령한다
뻣뻣하던 내가 고분고분 하는 짓이 고소한지 연방
나불나불 불러댄다
고무장갑 낀 손으로 얼버무린 맛보기 한 점을 쓰윽
내 입안에 밀어 넣으며, 눈을 껌벅껌벅하며
아이 다루듯 해도 덩달아 신나하면서
와! 맛있다를 연발해대는
그 순한 남편의 시대를 그리워해 본다.

도서관 옆 겨울 풍경

도서관 옆에
겨울 풍경이 쪼그리고 앉아 있고
버려진 만화책이 바람을 타고 논다
산본의 봄은
어느 틈새로 오시려 하는지
표지판에 매달린 얼룩들이 간당이고
좁다란 정문 건너 편 길가에는
무단주차해둔 승용차들의 헤드라이트에
뽀얀 잔설들이 눈곱처럼 끼어 있다
막 피려는 산수유들 애를 쓰고 있다.

걷다

걸어야 한다
오늘은
내 생 어디쯤 될까
자박자박 뗀 첫 걸음을
엉금엉금 길 때까지 가야 한다.

마음 따라 걷는 날

집 나온 지 삼십 분
그단새 집이 그리워집니다

돌아갈까 좀 더 갈까
망설이며 걷습니다

보이지 않으나 새소리가 들리고
들리지 않으나 사부작사부작
가는 세월 짐작됩니다

뉘엿뉘엿 저무는 하늘에
노을이 걸립니다.

참 맑은 날

푸르디푸른 하늘이 샘물이듯 찰랑이네

한 바가지 푸욱 찔러 떠 꿀떡꿀떡 삼키네

더부룩하던 속이 갯길처럼 말갛게 뚫리네

늦봄 햇살이 낮잠에 졸리는 나른한 오후

게으르게 걸어가는 지구에게 발맞춰주네.

사람의 풍경

어머님이 날 나무랄 때는 "인간아~ 인간아~" 하셨고
대견해하실 때는 "이 사람아~ 이 사람아~" 하셨다
운명하시는 그날까지 아들이 사람이나 제대로 될지
끝끝내 지키다 가셨다

눈 내리는 거리를 물끄러미 보는데
모자가 걸어가는 풍경 하나 어렴풋이 잡힌다
앞서가는 아들의 굽은 어깨를 살갑게 톡톡 쓸듯이
털어내는 늙은 어머니의 손길이 비단결 같다.

하얀 몽상 속으로

눈이 내리네
고요를 퍼 날라 소음들을 덮네
벗은 가지들 바람벽이 되네
영혼의 잠언들이
별들의 캡슐처럼
말랑말랑 떨어지네
오만가지 잡념
눈 녹듯 사라지네.

오래된 밤참

궁금한 밤
옛날 눈이 내리네요

엄마의 장독대에
흰밥처럼 쌓이네요

살얼음 진
알싸한 동치미 국물 말아
아삭아삭 한술 뜨고 싶네요.

식사와 끼니

혼자 먹는 끼니는 찬이 하나다
그렇다고
외로움은 일인분이 아니다

밥숟가락에 얹히는 음식 양은 얇아지고
얹히는 무게는 무거워지고, 입까지 가는
거리는 자꾸만 멀어진다

혼자 먹는 밥은 식사가 아니라 끼니다.

살풋 오는 눈

얇은 편린들이
살풋살풋 묻으며

건너편 터널 입구
하얀 립스틱 칠하네.

궁금한 계절

겨울밤엔 입이 궁금해집니다
군고구마도 가래떡도 먹고 싶고
구들목에 누워 도란도란 옛이야기 나누던
할매 엄마 고모 누나 여동생 옆집 윤정이
그토록 그리운 여인들의 입담도 궁금합니다
이렇게 푸욱푹 소리 없이 눈이 많이 오는 밤
슬리퍼를 끌고 귀동냥하러 나간 그리움들이
눈 속에 발목 잡혀 못 돌아올지 안 돌아올지
기척이 없어 아득하게 궁금해집니다.

겨울에 묻는 안부

엄청 춥제
뒤뜰에 묻어 둔 무배추 얼지 않았는지
송아지 여물은 잘 챙겨 먹이고
통싯간 거적은 제대로 단속했는지

황토 묻은 바람이 거세게 불거든
정지문 여물게 닫아걸고
구들목이 타도록 장작불을 지펴야지

올 겨울을 잘 넘겨야
내년 봄에 꽃놀이 할 수 있을 텐데
다 늙은 누나에게 한시도 걱정을 놓지 못해
혀 꼬부라진 소리로 거푸 묻는다.

여백 두드리기

겨울은 여백이다

샤워 마치고 뜨거운 생강차를 마신다
이럴 땐 문 밖에 관심을 두지 낳는 게 낫다
까닭 없는 심술을 부리느라
하늘에 한주먹 했더니 달빛이 뻘겋다

봉창 두드리는 소리를 하고 싶은데
두드릴 봉창이 있어야제.

빈 술병

겨울 길섶에 누운 빈 술병 하나
필릴리 필릴리 필릴리
매운바람 입에 물고
저 혼자 피리를 불고 있다 .

반쪽짜리

우리 집 시계는
배터리가 다 돼
일 초 가는데
일 초 반 걸린다

아내 없는
나는
반쪽짜리 날들을
할 수 없이 살아간다.

내 친구의 집

한 발자국만 떼어도 맞닿는 친구의 집과
빤히 마주보고 산다
가을이 깊어 달빛도 청량하건만
환하게 켜진 치맥집 창틈이 왁자지껄하건만
혹시나 하고 한 식경 고대하고 있었건만
카톡 울리지 않고 움켜 쥔 손바닥에 땀 밴다

짐작컨대
내 친구는 시방 마누라와 나란히
주말 드라마 보면서 주전부리나 하고 있을 것이다
그러하리니
우리는 친구이면서 남보다 더 낯선 사이로 산다.

참스승

산은
가르치지 않으며 가르치고

강은
흐름을 흐르면서 가르치고

바람은
쇠귀 같은 내 삶에
경전을 가르친다.

꿈 집짓기

함박눈 오는 날은 그곳에 가겠네
고개 하나 너머 성긴 숲 작은 통나무집에
밤 이슥하도록 미동 않다가 촛불을 켜겠네
바람벽 키만큼 높이 쌓아둔 마른 장작
한 아름 안아다가 벽난로 피우겠네
타닥타닥 타오르는 꽃불을 넋 놓고 쬐다가
살짝 열린 창틈에 야윈 손 오롯이 내밀어
하늘하늘 내리는 눈송이들 받아 보겠네
지붕 위에 하얀 이불 덮어 2층집 되도록
사랑과 이별에 대하여 맘 놓고 빠지겠네.

*소년 때 내가 키운 싸움소

개나리꽃 필 때

유치원 봄 마당에
무더기로 웃어재끼는
꼬맹이들 목젖이
개나리꽃처럼
환하다

노란 햇볕이
마구잡이로 달려든다.

노인으로 사는 날

사는 게 나날이 맥이 부친다
근육이 빠져나간 자리에 골이 패인다
밤낮이 뒤바뀌는 살이가 엄청 버겁다
하늘과 바다가 자리바꿈하는 게 보인다
휘청거릴 때마다 걷는 게 아슬아슬 하다
하루하루 너무 단순하다는 게 싫증난다

옮겨 붙지 않는 사랑은 사랑이 아니라서
흔적 없는 추억들을 뒤적거리며 놀다가
삶의 알맹이를 밖에 두고 온 것 같아서
자나 깨나 문을 닫지 못한다.

개와 주인

개는 제가 끄는 목줄이 터져라
끙끙 주인을 매달고 줄기차게 걷는다
타고난 운명처럼 서로에게 끌려간다.

무료함 월동하기

봄은 왜
여태까지 오지 않는지

적막의 비듬들이
그제 어제 오늘
하루 한 치씩 쌓여간다

하얀 벽속에 갇힌 겨울
입 닫고 산다는 것은
못 듣는 것 보다 더 싫다.

속삭임

귀 안에
입술을 밀어 넣고
이슬비 같은 몸짓들로
사부작사부작 깨알 쓸듯
간지럽히고 있다.

토닥토닥
침발 내려서듯
나한테만 들려지는
달콤한 밀어들에게
고스란히 젖는다.

지나가는 비

비가 올라나
바람에 물비린내가 난다

바람이 불면 비가 오고
비 보다 먼저 바람이 불고
바람 보다 먼저 비가 그친다

나의 한때는
고향 흙에 젖는 봄비 같았다.

머나먼 하루

내일은 아름다운 약속이 있습니다
어제는 왼종일 비 내리다말다 했습니다
오늘은 집안에 앉아있지 못해 집을 나섭니다
차분한 걸음들을 하나 둘 꼬박꼬박 셈해 가다가
손목시계 넌지시 봤더니 겨우 팔십 분 지났습니다
다시 집에 돌아와 티비를 보고 책 서너 페이지를
읽었는데도 여태 한나절이 조금 쯤 지났습니다
밤이 와서 새벽을 건너는 데는 얼마나 걸릴까요
일상의 하루는 똑같은 하루인데 왜 이리 멀까요
벽에 매달린 시계를 방바닥에 내려놓았는데도
속도는 어제랑 진배없이 꼬박꼬박 갑니다
목을 빼고 죽어라 기다리는 내일까지의
오늘은
하루가 아니라
팔십 고개보다 더 길고 까마득합니다.

불면의 시대

자정에사 잠을 누인다

바로 누인다
모로 누인다
엎뎌 누인다
창틈 달빛 하얗게 바래이도록
뒤척이다
앞척이다
새벽을 맞는다

세상 걱정 다 토닥여
단잠 들라 하기엔 밤이 너무 짧다.

사람의 일에

사람의 일에 곤고함이
자궁을 열고 나와
모태의 탯줄을 짤렀을 때일까요
아니면 이승을 떠나려고
하직인사를 할 때일까요
광막한 우주의 행성 하나에 머무는
한 찰나일까요
답을 감추려 입을 꾹 다물고 있는 하늘에게
삿대질할 때일까요.

날 저물녘

세상이 어둑어둑 해옵니다
어둠이 뒤따르고 있습니다
각진 것들이 둥글어집니다
발바닥으로 떠받친 하루가
조붓이 수그러져 있습니다
빈 뱃속이 출출하여 옵니다
발걸음이 말발굽같이
타닥타닥 신나게 신명 돋웁니다.

3부

짖지 않는 사회

우리 동네는 개도 짖지 않습니다

자정 뉴스 이후에도 정의는 훔쳐졌고
사특한 짓들이 사방으로 횡횡했으며

멸치 뱃속에는 바다가 들어있지 않습니다

동네 차들은 골목골목에 곤한 잠에 뻗었고
신호등 혼자서 신호를 지키느라 껌뻑되도록

이웃 집 입들은 한 치도 뻥끗하지 않습니다

먹고자고놀고 자고놀고먹고 놀고먹고자고
그렇게 살아가도 누구도 아무 탈 없습니다.

사람 알아보기

저울질을 해보면 무게로
잣대질을 해보면 길이로
내시경을 해보면 깊이로
술사발을 해보면 성깔로
사람을 가늠할 수 있나요

귀신 씨나락 까먹는 소리는
하지 말라고 버럭 하시군요
재미삼아서 해본 말이죠
세상살이 쓸 말만 하고도
잘 살아낼 장사 있나요.

새벽별 지네

누굴 그토록 애타게 기다리기에
밤새 반짝반짝 날 새는 줄 모르네
신새벽 문턱에
꽃 지듯 지네

밤새 깔고 잤던 꿈자리
주섬주섬 걷어
벽장 속에 가두고 창문을 열어두네.

내 안에 내리는 비

비가 옵니다
내
안
에
도
내
립
니
다
마음이 우는 울음엔
소리가
나지 않습니다.

아버지 핏줄

툭지게 불거진 핏줄이 시퍼런 지렁이였다
어느 여름 저무는 저녁답에
들일 마치고 동구를 들어서는 아버지의
다부진 등짝이 걸머진 지게 위 바지게에
산 같은 삶의 무게를 담아지고
뚜벅뚜벅
걷는 두 다리의 튼실한 장단지에
굼실굼실
손가락 같은 왕지렁이들 기어오르고 있다
말이 없으면서 말하는 아버지의 대핏줄이
내 살 속으로 흘러들며 꿈틀꿈틀해쌓는다.

시간늘보

우리 집 벽시계는
일 초 가는데 삼 초가 걸린다
배터리가 다 됐는지
한 시간 옮기는데 서너 시간 걸린다
그래봤자 오늘은 곧이곧대로 내일된다

코스모스가 확 핀 가을 아침에도
세월아 네월아 한다
귀하께서는
뭣 때문에 그토록 느려터지느냐고
대들듯 따져도
내 시간은 늘보다.

시집을 열면

시의
세상들
눈으로
걸을 수 있더라구요

그깟
그리움이니 외로움이니는
하잘 것 없게 수북수북
쟁여져 있더라구요.

화창한 풍경

비 그쳐
활짝한 아침

바람이
먹다 남긴
빗방울들이
꽃술에 매달려
대롱대롱해쌓자
꿀인줄 안 벌새가
환장하며 달려드네.

보리밭길 걸으며

배가 고파서 어찌 걸었나 몰라
너무 길고 높아서 어찌 넘었나 몰라
꼬르락이는 뱃속을 어찌 달랬는지 몰라

인생에 어찌 그리 모진 고비가 있는지
지상에 어떤 고개가 그닥 높을 수 있는지
세상에 무슨 슬픔이 그리 서러울 수 있는지

얘들아 니네는 보릿고개가 어디에 있는지
얼마나 험하고 높은 고개인지 알기나 하냐.

풀잎들이

풀씨 한 톨에
깃들었던 우주가
봄볕 쬐임하느라
싹으로 밀고나와
고사리 손 흔들어
방가방가 해쌓네
저들과의 인연이
참 달콤해지네.

낙엽 속에는

낙엽이 떨어지네
세월의 발자국들 소복소복 쌓이네
우주의 동맥과 대지의 정맥이
만물의 순환을 담아내네

하늘과 땅, 달과 별이
빛 어둠, 비바람들로
생사의 때 됨과 윤회를 만들어주네.

나이 탓이다

어떤 년은 그리워 죽겠고
어떤 놈은 미워서 죽겠다
하루하루 근근이 살아내며
갖은 심통 부려대는 속물성

나이 탓이다.

늦게 안 사랑

사랑을 했지만 사랑을 사랑하는 사랑법을 몰랐네
사랑은 사랑하면 할수록 사랑에 애타함을 몰랐네
사랑에 목숨을 건다고 걸리는 사랑은 사랑 아니네.

막차를 기다리며

지하철 레일이 구불텅한 긴 뱀처럼
등허리를 뉘어서
도착 할 막차를 함께 기다리고 있다
다닥다닥 붙어서
바닥을 보여주는 적막이
새벽까지 나란히 같이 해줄 모양세로
심심하고 초조하고 짜증나는 침묵을
권태롭게 지켜내고 있다.

어머님 전 상서

어머니, 오늘은 아내가 보고 싶어 오래 전에 같이 왔던 바닷가에 저 혼자 앉아 있습니다. 참 망망합니다. 짐작조차 할 수 없는 바다 속을 물끄러미 들여다봅니다. 아무것도 보이지 않습니다. 하기사 한 치 아내 속도 몰랐던 제가 어찌 저 망망대해 깊은 속을 어림이나 할 수 있을는지요. 사는 게 하도 답답해 바람이나 쐬일 겸 찾아 온 탓이라 치부하려 합니다. 그저 눈만 들어 가물거리는 수평선을 한참 바라보는 데, 그 어디쯤에 두 분이 함께 손짓하듯 합니다. 고부간에 같이 계시군요. 참 다정해보이네요.

옛날로 가는 밤

헌 신발을 구겨 신고
빈 주머니에 손 넣고
바다 같은 하늘 속을
삐뚜름히 쳐다보며
옛날들 사는 밤마실
뒷짐 지고 어정댄다
달빛이 달그락달그락
은하수를 건너오더니
내친김에 뒤죽박죽 어질러놓은
내 속아지를 말끔히 정리해준다.

밤눈 탓에

눈이 온다
눈썹에 앉는다

얼떨결에
한 가닥씩
꼬부라지며
하얀 새치가 된다.

달빛 밝은 강물에

비취색 강물에
밤마실 나온 구름이 슬몃 잠입해
몸을 씻는데

지켜보던 달빛이
훌러덩 밀고 들어와
그늘진 구석구석을 닦아주고 있다

구경만 하기가 계면쩍어
훌훌 벗어던지고 첨버덩 뛰어들어
점입가경 보탠다.

가을엔 그러더라

지나가는 바람이 툭 툭 벽을 치더라

족히 서너 시간 면벽정진 되더라

한 뼘쯤 남은 목숨 회한에 차더라

시답잖게 살아 온 팔십 년 세월
팔 일인 듯 스쳐가더라.

초승달

외박하고 새벽에 귀가하는 여동생이
엄마 등 뒤에 숨어서 계면쩍은 미소로
살짝살짝 얼굴을 내밀듯이
살금살금 게걸음을 옮겨가는 희붐한 반달

장난기 어린 구름이 농담 삼아 스치자
기절초풍하여 하늘 귀퉁이로 숨는다.

어정대는 가을 산

온 산이 불바다네
물 마른 골골 수북해지는 홍엽들
까끌까끌해지는 바람들의 발소리
수선을 떨며 날아다니는 구름떼
먼지투성이들이
가물거리는
눈앞
가벼워지는 산등성이에
시답잖게 어정거리는 가을 산행
바람에 휘불릴까 걸끄러워진다.

아침 햇살

금빛 동살 한 줌
포시랍게 안기네

세상의 곤한 잠들
보듬어 깨워내네

새벽을 부화시킨 밤
흔적 없이 지워졌네.

눈 오는 저녁 풍경

창밖에 눈이 내리고 있습니다
서둘지 않고 순서대로 앉습니다
더러는 몰래 날아다니기도 합니다
어디메 우는지 새 소리가 들립니다
건너 동네가 아슴하게 어둠에 들면서
골목길 하나 둘 지워지기 시작합니다
그 많던 소음들 다 어디로 갔을까요
산이 아직도 어슴프레 보여서인지
가로등은 여태 밝히지 않습니다
자꾸만 사람이 그리워집니다.

팔부능선 거닐며

백세인생
팔십대면 팔부능선이네
계절은 가울*
세월은 은빛이어라
아직 깔딱고개가 남았으나
허리춤 움켜잡고 다부지게
올라 온 소싯적 꿈길 같네
삶의 끈 확 풀어놔놓고
질펀하게 거닐어 보네.

*가을과 겨울의 합성어

헛웃음

꾼들의 웃음은 도통 종잡을 수 없네
웃음은 만국공통어라는데
저들의 미소 속에 무슨 속셈이 들었는지
귀로 들어도 눈으로 봐도 가늠이 안 되네
통역을 들이대도 번역이 안 되는 주술 같네
세상사 참 불가사의네
헛웃음만 나오네.

오동나무 몸에는

오동나무 몸통에는 수월찮은 서랍이 들어있어요
할머니 장롱, 어머니 반다지, 할아버지 약통들이
칸칸이 숨어 있어요
오래됐다고 옛 기억들 다 사라지는 것은 아닙니다
생판 없는 열매들 끼리 수시로 달그락달그락하네요
오동나무 이파리들 얼마나 수다스러운지 아시나요.

무릎을 끌어안고

　날로 더 고약해지는 날씨보다 내 속이 더 시끄러워진다 잎 떨군 단풍나무 옆구리를 쉴 새 없이 들이받는 갈파람이 몇 개의 구멍을 더 뚫으려 하는지 맹렬하게 피皮 뚫는다 개다리소반 위에 앉아있는 찻잔에 소복해지는 궁금함들 빈 침대는 덩그러니 바람벽 기대 두고 삐딱한 방바닥에 빼빼 마른 무릎 끌어안고 지구 돌아가는 소리 엿듣는다 내 속에 고인 탁한 욕심 헛된 허영심이 무성히 자라나고 선대로부터 이어 받은 왕할아버지의 추억과 할아버지의 추억을 이어 받은 아버지 추억이 고스란히 내게 이어져 고달파지는 기억을 잠시도 가만두지 않고 흔들어댄다.

호수에 내리는 비

톡
토독
토도독
까치발 같은
빗방울들이
물속에 안 빠지고
물면에 아장아장
보드랍고 살갑게
어루만지면서
내린다.

산에 가는 날

친구들 그리워 산 찾아 간다
산에는 산만 있는 게 아니더라
구불텅구불텅 기어오르는 골 깊은 계곡
가파른 고개를 덩달아 넘고 있는 비탈길
깍듯이 서 있는 가파른 절벽
어깨를 넘실이는 울창한 숲
춤추며 노래하는 짝짝이 산새들
닫힌 맘 열어주면 바위가 들어서고
굳은 몸 펼쳐주면 바람이 길을 내어서
백년지기 고우故友이듯 떼거지로 안겨들더라.

그런 도중에

어제 부터
기온이 낙엽처럼 뚝뚝 떨어지는
일기예보를 듣는 도중

야
임마야
니 잘 있나
우리 날 받아
알밤 주우러 가자!

깊은 밤바람 소리 가팔라지고 있다
내일은 가을 비 온단다.

쇠비린내 나다

빼빼한 내 어깨가 전깃줄인줄 알고 눈먼 새가 걸터앉는다

쇠비린내 나는 바람 뭉텅이들이 팔랑개비처럼 날아다닌다

그늘을 밀어 문을 연다 열리는 문 뒤에 또 그늘이 서 있다

가시거리 밖에서 드문드문 잡히는 황색 풍경들 어슬렁인다

패악질을 해대는 황사들이 뭉실뭉실 황혼 속으로 사라진다

내 죽었다 다시 태어난다면 사람 말고는 아무 것이라도 좋다

팔자는 늘어질수록 좋다는데 오늘은 쭉 처지도록 늘어진다.

허수아비

추수를 끝낸 빈 들판에 마시멜로 같은
건초 더미 여러 개가 띄엄띄엄 놓였고
젖은 마분지 같은 논바닥 한가운데쯤
가난한 성자의 기도같이
허름한 허수아비가
삐쩍 마른 발 삐뚜름히 담구고
왜가리처럼 버티고 서서
더는 수태시킬 수 없도록
팍 늙은 아비의 상징물같이 슬프게 섰네.

달빛이 머문 자리

달빛이
앉았던
나무의자에
몰래 한 사랑이
얼룩얼룩 해쌓네

누가 훔쳐보기라도 할까
공연한 내 가슴이
두근두근해지네.

토렴

파란 바다에 하얀 파도
바다는 죽어라 끌어 앉혀도
파도는 한사코 버둥거린다

엄마와 자식 처럼
천 년 만 년 되풀이로
서로를 토렴하듯 끌어 안는다.

파꽃 피는 산책길

비탈진 파밭에 파꽃 수두룩 피어
해바라기하고 있네

나는 여러 번
이 길을 걸었고
가끔은 해동되는 관절통에 부대끼네

털썩
밭둑 허리에 주저앉기도 했을 때
놀란 파꽃들이
눈알이 튀어나오게
다투어 피어오르네.

수리산 연인

봄
여름
가을
겨울
푸르고 울창하고 현란하고 고적하게
인박힌 연인보다 더한 절친이 되어서
간밤 기척도 없이 안방까지 찾아와서
아내인양 한 아름에 덥석 안겨 주더라.

매실주를 담그며

햇살도 봄을 타는지 어정어정 더디게 가는 날
도매로 파는 길가 트럭상에게 현금으로 구입한
고두 한 됫박 매실 알들을 주둥이가 길쭉한 화주병에
쑤셔 넣고 인터넷에서 알려주는 방법으로 매실주를 담는다

한 서너 달 기다리는 동안 수리산 뻐꾸기들 울어 쌓고
다행히 이차저차 운이 좋아 이 봄 다 가기 전에
곱게 익은 한 잔 술 나눌 수 있는 사랑이 찾아와주면 좋겠다.

측은지심의 계절

사람이 사람을 사랑하고 그 사람이 또 그 사람을 사랑하고
한정 없는 사랑이 계속된다면 세상은 쓸쓸하지 않을 것이다
죽자 살자 매달리는 단풍잎들에 측은지심이 팔랑팔랑거린다.

가을 깊은 밤

밤바람소리 명치를 쿡 찌른다

재활용통에 내버린 마스크가
자꾸 마음에 걸린다

기억의 입자를 머리에서 꺼내
가슴에 옮겨놓는다

내가 어느 땅에 사는지
지명을 잃어버리기도 한다

한숨 한 덩이에
방바닥이 푸욱 꺼져버린다

발바닥 밑에서 바다가 출렁인다.

임자라 불러줘요

아버지가 엄마를 부르실 때 늘 임자 임자 하셨다
순자 영자 길자 처럼 엄마 이름이 임자인줄 알았다
나중에사 그런 호칭이 자기 아내를 부르는 말 중에
가장 살가운 부름임을 알게 되었다
나는 아내 생전 단 한 번도
임자라 불러주지 못했다.

제주도 가면

제주도에 가면
사방이 바다고
바다에 섬이 있고
섬에 전설이 있고
전설에 이야기가 있고
이야기에 바람이 있고

바람 껍데기를 깠더니
소금내가 진동하더라
사나흘만 머물다보면
삼다삼무가 훤하게
꿰뚫어지더라.

먼나무

새빨간 열매들을
주저리주저리 매달고
꽃다발처럼
조붓이 서 있는
먼나무더러

넌 먼 나무냐고
턱 들고 대들듯 물었다.

부끄러운 밤

쓰고 또 쓰고
읽고 다시 읽는다

꼬질꼬질한 풋념들을 치대
흐르는 시간에 걸어둔다

치졸함이 화끈거려서
자다가도 벌떡 일어나곤 한다.

입추

바람이 맵네요
계절 브레이크가 고장 났나 봐요.

튀밥처럼 피어난
언덕 위 들국화들 기절초풍하네요.

소복한 명상

눈 내려 보들해지는 땅을
자박 자박 얕게 밟으니
뽀도독뽀도독 잔소리난다

낯선 풍경들을 물어다 나르느라
짹짹거리는 산새들의 부산스러움

부러지지 않으려고 순순히 휘어지는
빼빼한 가지들

고요의 매디들이 톡톡 떨어져 쌓인다

만사 개켜두고 흰 털모자 뒤집어쓴 채
소소한 명상들에 소복소복 빠진다.

4부

파안대소

머언 산 너머에서 봄이 왔습니다
산과 들이 부스스 털고 일어납니다
꽃들 막 펴 앞 다투어 흐드러집니다

내가 춤바람이 났을 때
아내 귀에 곧바로 전한 게 바람이었고
소문이 나돌자 겁이 난 아내가 바람의
입을 틀어막느라 되레 내 눈치를 봤지요

우습지요
죄는 내가 짓고 겁은 아내가 내고
그런 시답잖은 일들이 이제 더는
일어나지 않으리라 다짐하면서
맹한 얼굴이 확 깨트러지도록
실성하게 웃어재껴 봅니다.

한숨

죽을 판 살판 싸돌다가
철퍼덕 던져앉으며
휴~
긴 한숨 내뱉는다

세상을 놓는
마지막 숨처럼
허공조차 간데온데 없다.

풋사과 깎기

덜 여물어진
사과 한 알 야무지게 집어
다나 안 다나 맛보기 깎는다
다음엔 깎는 재미로 또 깎는다
삐뚤삐뚤 말고 이쁘게 깎으려고
기를 쓰고 다시 깎는다
한 소쿠리 다 깎고 나서야
나 참
헛된 짓 했구나 비실비실 웃으면서
풀어진 허리춤 꺼올리며 일어선다.

빚쟁이

산다는 게
다
빚지는 거지요
다
남들의 덕이지요

비좁은 내 소가지
사랑빚쟁이 됐네요.

멍때리기

멍한다
벽에게 덤빈다

헌옷을
못 치우는 이유는
조강지처 같아서다

하늘은
따개져도
속이 시퍼렇다

혼자 산다는 건
쉬운 일 아니다.

대춘부待春賦

창가가
사부작거리기에
누가 뭣 하나~
빼꼼 봤더니

한 포기
새파란 봄이
소복소복
자라고 있더라.

짧은 동안거

눈이 한 닢 두 닢 꽃 지듯 내리네
산 속의 겨울밤은 평지 보다 깊어지네
안 보이던 게 보이고
안 들리던 게 들리네
나무들 숨소리와 바위들 몸짓이 하나씩
선연하게 잡혀지네
하룻밤이라도 꾸밈없이 살아보려 하네.

미로를 묻다

길을 묻는다

이 길이 맞나요

어디 가시는 데요

거기가 어딘 데요

갈 때 까지 가보면
다 알게 돼 있다니까요.

뜬금없는 소리

세월 모르고 늙었네

작년이 금년 같고
내년도 금년 같다고

물색없이 살더니
뜬금없는 소리만하네.

장맛비

비,
또 비

가늘고 기다랗게
묵은 근심 한 포대기 짊어지고
빼빼한 가슴팍 시퍼런 멍들도록
사정없이 쥐어박으며
흥건하게 쏟아지어
걸리적거리는
걱정꺼리들을
세상 바깥쪽으로
추적추적 실어 나른다.

고목처럼

나이가 오백 살이나 묵었는데도
잘난 체하거나, 아는 체하거나
아무데나 쑥쑥 나서거나, 곧 죽어도 자기가 옳고
아무에게나 버럭 소리 지르거나, 함부로 질질 짜거나
그런 꼰대짓은 절대 않더라
나무는 바람이 불어대면
네 활개를 활기차게 뻗고 우쭐우쭐해대더라

하기사 나도
한 천 년을 살아낸다면
저 놈 못지않도록 더욱 늠름하게 서서
오로지 당당하고 의연할 자신이 있다.

이팝꽃 곁에서

산책길 언덕배기에
이팝꽃 흐드러진다

겹눌린 가지들을
살짝 들치고 살펴봤더니
뚜껑 열린 밥공기에
소복소복
쌀밥이듯 탐스럽다

고봉으로 담기는
아침 햇살을 받아 안고
모락모락 핀다.

풀지 못한 숙제

기억은 자꾸만 가물가물 해지고
생각은 이따금 앗찔엇찔 해대네
사라진 과거는 기억속에 있지만
닥아올 미래는 상상속에 있다네
운명이 선택을 지정하여 주는지
선택이 운명을 결정짓게 하는지
평생을 살아낸 여태까지 모르네.

인생 맛보기

인생살이란
무슨 맛일까

이거다 싶은 날
혀에 맛이 가벼렸다

끝내
딱 짤라
쓰다 달다 못 하겠다.

다향茶香 즐기기

차를 마십니다
하늘빛 찻물 속에
그리움이 담겨 있습니다

차향이
백일백이 애기 목욕물에
맡아지는 체향 같습니다

서둘러 다 마시지 못 하고
절반쯤 남깁니다

입안에 맴돌이를 시키며
지긋이 혀 깨물기 합니다.

환절기 나들이

털모자를 푹 눌러쓴 채
고개를 우측으로 소롯히 돌린다
막 돋으려는 풀들 탓에 푸르스럼 해쌓는
언덕바지에 아지랑이 나풀된다

봄맞이에 알맞는
얇은 바닥에 끈갈이를 한 샌들을 신었더니
발가락 사이로 시린 바람이 샌다

황사없는 날들이 그리운 봄
발가벗고 선 가로수에 감긴 검정비닐이
펄럭펄럭 나댄다

삶에는 날씨 보다 추운 날이 더러 있다.

신발장

아내의 유품을 내다버리는데
꼬박 2년이 걸렸다
맨 마지막에 시집올 때 신고 온
고무신을 치웠다

정리가 끝난 그날 밤
음울한 신발장 구석바지에
남자 신발만 촘촘하게 앉아
적막한 공간들을 꽉 붙들고 있다

이슥해지도록 잠을 보채는 밤
맨발로 떠난 아내의 저승길이
자꾸만 눈에 자꾸 밟힌다.

멀리 온 강물이

멀게 온 강물이 여울목 건너느라
구불텅구불텅 뒤척일 때마다
아나콘다의 비늘처럼 반짝거리는
금빛 햇살
물속에 푸욱 담군
시퍼런 대가리를 빼내
큰 숨을
토해낼 때마다 허연 포말이 튄다
바다까지 가는 거리엔
여유만만 세월의 여분이 있다.

우리 사이는

가족들은 흩어져 살고
이웃들은 있으나마나고
친구들은 무소식이 희소식이고
톡톡이는 핸드폰을 끼고 다니며
너나없이 두루두루 어울리고 싶어도
요래조래 뺀질거리다 보면 종국엔
혼자일 수밖에 없네
그럼에도 어쩌랴
너랑 나랑 우리 사이는
궁금하고 그립고 보고 싶은 걸.

동천冬天에

별빛들이
풀어놓은 영혼처럼
반짝반짝
몸은 지상에 놔두고
혼魂 혼자 올라가
제 살붙이를 밤새도록 비춰보고 있네
혼 없는 몸과
몸 없는 혼이
마주 보고 서로를
애타게 하고 있네.

치킨을 주문하고

유정란과 무정란이 있다는데
장기 없는 육체가 계란이라는데

심심한 밤에 한 잔하며
프라이드치킨을 시킬까 양념치킨을 시킬까
저울질한다

거나해질수록
요사한 생각들이 허우적이는 데
치킨은 여태 배달되지 않는다.

휴지통으로 간 시

시를 쓰다가
시가 되지 못 하는 말들을 주워 모아
휴지통으로 퍼 나른다
손모가지에 맥이 풀린다

애초부터 시가
좋아해줄 시인을 만나기란
쉬운 일이 아니다.

잡초를 뽑으며

주말농장에서 잡초를 뽑는데
뽑으려는 나는 끙끙 애를 쓰고
풀들은 뽑히지 않으려고 기를 쓴다

생각해보면
본디 이 땅은
풀들의 것이다.

내 안의 4월

십이일은 아내의 기일이다
서로 꼭 잡고 찔러 끼운
손가락에 진땀이 배이도록
흙도 밟아 보고
강도 건너 보고
해와 달도
두리번두리번 살피고
해도 해도
모자라는 사랑짓들을
죽자사자 다 할 걸 그랬어.

엄살

'죽겠다 죽겠다'는
살고 싶다는
엄살이고

'괜찮다 괜찮다'는
죽을 지경이라는
하소연이다

인생만사
엄살만큼 뻔뻔한
약발은 없다.

뼈대 지키기

생각해 보면 지구는 뼈들의 무덤이다
산도 강도 바다도 육지도 뼈들의 능이다
턱도 없는 것이 까불면 뼈도 못 추린다
나도 한 때는 뼈대 있는 집안의 후손이라
작심하고 뼈대 지키기에 혼신을 다 했지만
먹고 자고 놀고 놀고먹고 자고 하느라고
무뼈 짐승이나 진배없이 사는 몰골이 됐다
뼈대를 지켜낸다는 건 예삿일 아니다.

속 깊은 밤비

비야
뚝
그쳐라

하늘
아래
혼자인 내게

뼈앓이를
시켜려느냐!

나목의 거리

더 이상 벗길 게 없는 나무들에게
회초리를 들이대는 겨울바람
— 벗어라 어서 벗어
0,5초 틈도 내주지 않으려고
빵빵거리는 차들의 거리
— 세상 참 춥다
모질지 못하면 봄까지 버텨낼 수 있을지
꽃은 쉬이 피지 못할지
미세 먼지는 얼마나 탁할지
저들 다 내 탓인 양 힐끔힐끔 뒤돌아보며
동동발로 쫓기듯 내뺀다.

도시는 벽이다

도시는 벽이다
사이와 사이에 벽이 있고
벽과 벽 사이에 길이 나고
길과 길 사이에 집이 서고
집과 집 사이에 층이 앉고
층과 층 사이에 방이 들고
방과 방 사이에 문이 막아
너와 나 사이에 보이는 벽
보이지 않는 벽들 다닥다닥
붙여놓은 벌통 같은 곳이다.

사과 맛

아싹아싹 침 씹히는 소리
울대를 넘어가지 못하고
잇빨 사이로 맴돌기만 한다

맛도
쓴맛 단맛을 보고 난
연후에야
참 맛을 알게 한다

사랑 우정 이놈 저년
다 겪어봐야 알게 한다.

몽상 체험하기

내가 하루를 사는 동안
하루살이는 한평생을 살았겠네요

나이가 팔십셋이라 곱하기
삼백육십오 일은 삼만이백구십오 일
억수로 살았네요

소를 내다 팔고 오신 아버지의 슬픈
얼굴에 겹치던
헛간의 정적이 칠흑 같던 그 밤이
불현듯 떠오릅니다

날마다 기를 쓰고 매달리는 데도
세월은 언제 봤느냐 아는 체도 않습니다.

기억의 창고

내 기억의 창고에는 한평생 살아온
삶의 짐 덩어리들이 가득하게 쌓여있다
사람으로 살아가기 위한 온갖 치장들이
세월의 길이만큼 가득하게 걸려있다
살아서는 한 발자국도 못 나갈 기억들과
죽어서도 부끄러울 허물들이 짐 되어 있다
저들 모두 순간순간 나를 설레게 하느라
구절구절 살아 낸 꿈 껍질들이기도 하고
삶에서 매번 결정된 순간들의 결과물이다
저 퇴물들을 다 들어낸다고 눌러 붙어 있는
흔적까지는 절대로 지워지질 않을 것이다.

부지깽이

삶의 아궁이에 부지깽이를 들이댄다
사그라질까 꺼질까 날마다 들쑤신다

배고프지 않게 목마르지 않게
서럽고 외롭지 않도록
꺼져가는 삶의 아궁이에
부지깽이 불티나게 쑤셔대고 있다.

황소고집

할매가 아부지더러
저 놈의 황소고집 황소고집 했다
그 덩치에
그만한 고집도 없으면
그게 소가!

황소는
고집 하나로
자기 이름을 지켜 냈고
우직하게 애들을 가르쳤다.

잠들지 않는 나무

뿌리 곁 풀섶에 메뚜기가 알 낳는 칠흑 같은 밤
개들이 오줌을 싸고 취객이 가래침을 뱉는다
미세먼지 일산화탄소가 하늘을 가리는 데도
나무는 머리를 당당히 하늘로 세우고 늠름히 버텨
뿌리째 떨면서도 드러눕지 않는다
푸른 눈 부라리고 잠들지 않는다.

흐르면 흐르게 하라

골목 입구에
유모차가 멈춰 있고
앞에 중고차가 정차 중이고
그 앞에 고물차가 버티고 있네

강물이 철철 길게 흘러야 강이고
구름이 떠돌아 다녀야 비 오네

변하지 않는 게 있으랴
막혀서 썩지 않는 게 있으랴
세상사 흐르지 않는 게 있으랴.

첫 눈

하늘이, 하고 싶은 이야기 있다고
한 자 두 자 손글씨로 새기어
조붓조붓 살갑게 전해주네요.

신구해 바꿔 걸기

오래된 송년은 적막보다 무겁다
한 치쯤 남은 세모
저 짧은 자리에 하얀 눈이 쌓인다

해묵은 억하심정과
쪼잔한 오해들 다닥다닥 붙어 있는 헌 달력
매몰차게 벗기고 새 달력을 건다

올해는 색다르게 살아봐야겠다.

혼술

혼술에는 이야기가 있고
그리움에는 순서가 있다

아내, 엄마, 아버지, 고향, 첫사랑
범소, 하늘 아래 낯선 땅 독일 탄광촌
그리고 또…

잔이 기울어지면
멀리 있던 술 친구들
차례차례 나를 찾아온다.

꽃 내

꽃은 저마다 향기를 뿜는다

그리움은 저마다 인내를 가르친다

사랑은 저마다 나를 기절시키는 묘약이다.

마음 속 종양

마음 종양이 뇌로 자리를 옮겼는지
머릿속이 덜커덕덜커덕 한다

밤 이슥토록 동정맥이 번갈아 활강하고
사랑땜에 시어지는 밥통 같은 병세
도통 약발 받지 못한다

온 몸통 펄펄 들끓다
응급실로 실려 갔더니 당직의사도
마음 속 종양은 치료할 수 없단다.

밤보다 긴 밤

집에서 나오자마자 밤하늘이 보였어요
드문드문한 별빛들 버짐꽃 같이 흐릿해요
몇 점의 조각구름이 달빛을 나누고 있어요
우체통 있는 골목에 통닭 냄새가 진동해요
야식 배달시킨 사람의 집이 근처에 있나 봐요
절친 서넛 둘러 앉아 고스톱 치나 봐요
출구 없는 터널같이 긴 밤이네요.

그리운 것은 눈을 감고 본다

ⓒ2023 박현태

초판인쇄 _ 2023년 5월 15일

초판발행 _ 2023년 5월 19일

지은이 _ 박현태

발행인 _ 홍순창

발행처 _ 토담미디어

서울 종로구 돈화문로 94(와룡동) 동원빌딩 302호

전화 02-2271-3335

팩스 0505-365-7845

출판등록 제2-3835호(2003년 8월 23일)

홈페이지 www.todammedia.com

편집미술 _ 김연숙

ISBN 979—11—6249—146—1